I0664517

Constantin Champon

—

Chansons

AVEC UNE

Eau-Forte de Ad. LALAUZE

PARIS MDCCCLXXXIX

Chansons

TABLE DES MATIÈRES

TABLE DES MATIÈRES

✠

AU LECTEUR

AU LECTEUR

✛

Science de la vie humaine,
On t'a résumée en deux mots :
« L'homme s'agite et Dieu le mène... »
L'un est heureux, l'autre a des maux...

Content de quelques jours de fête
Et sachant borner mes désirs,
Si j'ai rimé la chansonnette
Pendant mes instants de loisirs,

C'est que Dieu me donna l'étoffe
Dont il habille un bon vivant,
Passant sa vie en philosophe,
Pleurant peu, riant plus souvent...

Or, en attendant qu'il me fasse
Disparaître, — pauvre petit ! —
Et que d'un seul souffle il efface
Le chanteur et ce qu'il a dit,

De mon bagage poétique
Daigne agréer l'humble présent,
Et si tu veux de la musique,
Cher Amateur, eh bien, fais-en !

CONSTANTIN CHAMPON.

CHANSONS

LE RÉVEIL DES CHANSONNIERS

Tant court chanson qu'elle est apprise.

(FRANÇOIS VILLON.)

En souriant chacun s'éveille,
Et rencontre un visage ami.
Le bonheur n'est plus endormi :
La ruche va nourrir l'abeille !
O Muse, que nous chérissons,
Viens inspirer tes joyeux drilles !
Et que la voix des jeunes filles
Se mêle au bruit de nos chansons !

Gais chansonniers, de plage en plage
Répétons nos chants et nos vers ;
Mais, comme l'oiseau de Nevers,
N'allons pas cesser d'être sage :

Que nos attrayantes leçons
Du cloître franchissent les grilles,
Et que la voix des jeunes filles
Se mêle au bruit de nos chansons !

Quand la liberté vient sur terre,
Quand le savant inscrit son nom
Sur les colosses de Memnon
Et dévoile leur vieux mystère,
En chantant, ensevelissons
Les préjugés dans leurs guenilles !
Et que la voix des jeunes filles
Se mêle au bruit de nos chansons !

Accourez, charmante jeunesse,
A nos aimables rendez-vous !
Le présent s'éclaire pour vous,
L'avenir est plein de richesse !
C'est pour toujours que nous plaçons
L'Amour au milieu des quadrilles,
Et que la voix des jeunes filles
Se mêle au bruit de nos chansons !

Beaux jours, fleurissez la campagne !
Multipliez les pampres verts !
Inspirez les plus doux concerts
A l'amoureux, à sa compagne !
Soleil, fais mûrir les moissons
Quand l'homme apprête les faucilles,
Et que la voix des jeunes filles
Se mêle au bruit de nos chansons !

LA PREMIÈRE CHANSON

A Mme PÉRIER

Il est une chanson charmante
Qu'on aime à dire en ses vieux jours ;
Dans le calme, dans la tourmente,
On se la rappelle toujours.
Rythme enfantin, douce chimère,
Le fils, tendrement caressé,
L'apprit des lèvres de sa mère,
La chanson qui nous a bercé.

Quand on a vingt ans, la mémoire
N'a pas classé de souvenir :
En chantant l'amour et la gloire,
On ne songe qu'à l'avenir.

Aussitôt qu'on avance en âge,
On vit plutôt dans le passé,
Et l'on fredonne davantage
La chanson qui nous a bercé.

Chez les fils de race française,
L'âme tressaille et le cœur bat
Aux accents de la *Marseillaise*,
Le chant sublime du combat!...
La fécondité de la terre
Ne lui vient pas du sang versé :
J'aime la paix, et je préfère
La chanson qui nous a bercé.

Au cabaret, le pauvre hère,
Pour oublier qu'il est en deuil,
Entonne, en saisissant son verre,
L'éloge du vin d'Argenteuil;
Le riche chante le champagne,
Refrain par ses amours bissé;
J'aime mieux dire, à la campagne,
La chanson qui nous a bercé.

La mère, d'une voix touchante,
L'a dite en berçant ses bambins;
A son tour la fille la chante
Pour endormir ses chérubins.
C'est souvent le seul héritage
Que nos parents nous ont laissé
Pour nous consoler d'âge en âge,
La chanson qui nous a bercé.

Un jour, ma pauvre âme, exilée
Dans ce monde rempli de fiel,
Reprendra sa libre volée
Pour s'en retourner vers le ciel;
Et j'oublïrai, bien qu'il survive,
Le mal, dont je fus courroucé,
Si là-haut un écho m'arrive
De la chanson qui m'a bercé.

LE HOME

A mes Amis de Normandie

Depuis qu'un monde nouveau
S'est emparé de la ville,
Depuis qu'*On dirait du veau!*
Est tout l'esprit de Trouville,
Nous partîmes, gais Colombs
Cherchant un meilleur rivage,
Lorsqu'un matin nous avons
Découvert cette autre plage :

C'est un petit coin normand,
   Que chacun nomme
     Le Home.
Qu'il est gai, qu'il est charmant,
Notre petit coin normand !

Quel spectacle plus charmant
Peut offrir à l'œil avide
Notre petit coin normand,
Digne d'un quatrain d'Ovide !
Du soleil, à son couchant,
Les tons vifs, les teintes mates,
En font un site attachant :
Nous y plaçons nos pénates !

Vive notre coin normand,
    Que chacun nomme
      Le Home !
Qu'il est gai, qu'il est charmant,
Notre petit coin normand !

Nos pénates, quels sont-ils ?
C'est le dieu qui, dans les branches
Des pommiers, tous les avrils,
Fait fleurir des grappes blanches !
Rendant l'homme fort et sain,
C'est le dieu de l'onde amère
Nous balançant sur son sein,
Comme autrefois notre mère !

Vive notre coin normand,
Que chacun nomme
Le Hòme!
Qu'il est gai, qu'il est charmant,
Notre petit coin normand!

Là, Poncet, le fin gourmand,
Le sémillant Guercheville,
Nous prouvent que le Normand
Sut créer le vaudeville [1].
Leur esprit vivra longtemps,
Permettez que je le dise,
Ils en ont par tous les temps :
Habillés, comme en chemise!

Vive notre coin normand,
Que chacun nomme
Le Hòme!
Qu'il est gai, qu'il est charmant,
Notre petit coin normand!

1. Altération du mot *Vau-de-Vire*, donné dans l'origine aux
séries de couplets que chantaient les Normands de Vire à la suite de
leurs festins.

2.

Pour vivre, et pour vivre bien,
Le solide est nécessaire :
Point ne vous dirai combien
On nous soigne l'ordinaire,
Comme on sait l'assaisonner,
Car l'hôtesse, délurée,
Fait que l'heure du dîner
Est notre heure Désirée [1].

Vive notre coin normand,
    Que chacun nomme
        Le Hôme !
Qu'il est gai, qu'il est charmant,
Notre petit coin normand !

Ce petit coin est parfait !
Les pieds nus, loin de la foule,
Il est si doux, en effet,
Le sable fin qu'on y foule !

---

1. C'était, en ce temps-là, le petit nom de l'agréable cuisinière et maîtresse du lieu.

On dit que l'on n'y meurt pas...
Puissions-nous, toute la vie,
Aussitôt chaque repas
Répéter, l'âme ravie :

Vive notre coin normand,
    Que chacun nomme,
        Le Home !
Qu'il est gai, qu'il est charmant,
Notre petit coin normand !

Août 1883.

AUX JEUNEURS

Octobre 1886.

Votre réclame est indigeste,
O jeûneurs, ou soi-disant tels !
J'aime la table, et je proteste
Quand vous trônez dans nos hôtels.
De quel défaut, jeûneurs stupides,
Prétendez-vous les corriger,
En montrant vos faces livides
Aux gens qui viennent de manger ?

Vous voulez supprimer la table
Où nous oublions nos tourments ?
Mets délicats et vin potable
Font passer de si bons moments !...

Je comprends qu'en carême on entre,
Dût-il longtemps se prolonger,
Si l'on ne sait qu'emplir son ventre,
Mais non pas quand on sait manger !

Allez au diable, s'il vous aime,
Teutons, de nos banquets bannis,
Anglais, qui voulez un teint blême,
Et vous, tristes Macaronis !
Allez soutenir votre thèse
A Caboul ou bien à Tanger !
Jaloux de la gaîté française,
Entre amis laissez-nous manger !

Ce qui m'étonne en cette affaire,
C'est d'y rencontrer des savants...
Bon déjeuner chasse misère !
Dit le dicton des bons vivants ;
Et, s'il survient une querelle
(C'est le proverbe du berger),
On se raccommode à l'écuelle :
Pour être bon, il faut manger !

Les fronts chargés du diadème,
Quand on leur demande du pain,
Peuvent songer à ce système
Tendant à supprimer la faim.
Pour moi, si l'on est en présence
D'un peuple qu'on veut diriger,
Je ne connais qu'une science :
C'est de lui donner à manger !

CHANSONNETTE

A L'Ami Cartel

Le démon des vers me fouette,
Et me vient embarrasser :
Avec une chansonnette
Puis-je vous intéresser ?
On applaudit la rengaine,
Turlentaine, turlentaine !
On se pâme au concerto,
Turlentaine, turlento !

Faut-il, pour la rendre belle,
Y mettre un art infini,
Et voler une étincelle
A la muse de Parny ?...

3

Non, ce serait trop de peine,
Turlentaine, turlentaine !
Pour passer incognito,
Turlentaine, turlento !

Les auteurs trouvaient naguère,
Désaugiers l'avait-compris,
L'esprit dans le fond du verre ;
Mais, hélas ! ils ont tout pris.
Ils ont épuisé la veine,
Turlentaine, turlentaine !
J'aurais dû venir plus tôt,
Turlentaine, turlento !

Aujourd'hui, je le regrette,
L'auteur, pour être incisif,
Dans le drame, l'opérette,
N'est plus imaginatif :
Je me tords !... Quelle déveine !
Turlentaine, turlentaine !
Sont les *clous* du libretto,
Turlentaine, turlento !

Le vin n'est qu'un comestible
Frelaté pour nos palais :
On le prétend — c'est horrible ! —
Fabriqué par les Anglais !
S'il était vrai, de la reine,
Turlentaine, turlentaine !
J'irais briser le veto,
Turlentaine, turlento !

Puis on dit que Barberousse
Contre nous lance un juron :
Au nez mettons notre pouce
Pour narguer le fanfaron !
Mais si l'ennemi dégaine,
Turlentaine, turlentaine !
Qu'on se défende presto !
Turlentaine, turlento !

Pour terminer, je m'explique :
Si j'ai fait cette chanson,
C'est pour vous dire en musique,
Et sous forme de leçon :

Mieux vaut rire à perdre haleine,
Turlentaine, turlentaine !
Que de jouer au loto,
Turlentaine, turlento !

LE RÉGIMENT

A mon Camarade Albert Grégoire

Bien qu'au recrutement moderne
L'homme doive se conformer,
Les premiers temps de la caserne
Sont toujours loin de le charmer.
Le fantassin rêve à sa mère;
Celui qui vaque au pansement
A la gloire ne songe guère
Quand il étrille sa jument...

Plan, rataplan, rataplan, rataplan !
C'est l'arrivée au régiment.

3.

Mais bientôt, en bons militaires,
Ils prennent le goût du métier,
Et, s'il fallait des volontaires,
C'est à qui serait le premier.
Dès que l'ambition les gagne,
Honteux de vivre obscurément,
Ils voudraient entrer en campagne,
Et laisser le casernement...

Plan, rataplan, rataplan, rataplan !
    On devient brave au régiment !

Les gourmands sont, on le devine,
Peu satisfaits du régiment :
L'art d'y préparer la cuisine
En est encore au rudiment.
Quand dans une immense chaudière
Le bouilli nage vaguement,
On croirait voir, à la rivière,
Un mulet dans son élément...

Plan, rataplan, rataplan, rataplan,
    C'est le menu du régiment !

Si par hasard à la cantine
On s'offre un mets plus délicat,
Le saucisson et la sardine
Restaurent au mieux le soldat.
Les beaux yeux de la cantinière
Remplacent plus d'un condiment
Pour exciter à leur manière
L'aiguillon du repeuplement...

Plan, rataplan, rataplan, rataplan !
   L'Amour se plaît au régiment !

Des gradés la jeune phalange
Est affable dans ce séjour ;
Mais la peau devient noire et change
Vite aux roulements du tambour.
Comme la baguette guerrière
Tanne le cœur également,
On n'aime pas avoir affaire
Au colonel directement...

Plan, rataplan, rataplan, rataplan !
   On est malin au régiment !...

Aux Germains cédant la victoire,
Un jour, brave petit troupier,
Loin de la route de la gloire
On t'égara dans le sentier;
Mais la défaite est passagère.
Pour l'avenir, assurément,
« En avant! jamais en arrière! »
Sera le cri du régiment...

Plan, rataplan, rataplan, rataplan!
Vive, vive le régiment!

1880.

MA JUSTIFICATION

BOUTADE A MON AMI J. MARMIER

Quelquefois Paris se décore,
A propos des élections,
D'un vêtement multicolore
Masquant bien des ambitions;
Je fus souvent, quoique sceptique,
Tenté de mordre à ces appâts,
Tant j'adore la politique...
Cependant je ne vote pas.

Je ne vote pas, et pour cause :
Je connais trop peu mon prochain.
Un placard dit : « Votez pour Chose! »
L'autre dit : « Votez pour Machin! »

Des candidats qu'on préconise
Il faut choisir, et, dans ce cas,
J'ai peur de faire une bêtise :
C'est pourquoi je ne vote pas.

Mon ami, la mouche du coche,
Qui siège dans un comité,
M'en a souvent fait le reproche
En exaltant son député.
Pour un prince, dit légitime,
Il voudrait, avec des Maupas,
Ressusciter certain régime :
C'est pourquoi je ne vote pas.

Quant au comité prolétaire,
Dieux, lois, frontières et soldats,
Il veut tout démolir sur terre,
Tout... excepté ses candidats.
Ce comité, lorsqu'il complote,
Pour dix sous, au salon d'Arras,
Montre la femme sans-culotte :
C'est pourquoi je ne vote pas.

Un autre se forme, il expose
La couleur de son écusson :
Ni blanc ni rouge, à peine rose,
Moitié chair et moitié poisson.
Dans le centre, qu'il favorise,
On tient peu compte des mandats,
Et plus d'un n'agit qu'à sa guise :
C'est pourquoi je ne vote pas...

Si des opinions contraires
Arrivent à se balancer,
On revient aux préliminaires,
Et tout est à recommencer.
Pas plus là que dans un corsage
Je ne saurais trouver d'appas
A ce qu'on nomme un... ballottage :
C'est pourquoi je ne vote pas.

Intransigeants, possibilistes,
Clubistes, poussant un : « Hourra! »
Opportunistes et grévistes,
Anarchistes, *et cætera,*

N'ayant jamais pu vous comprendre,
Je suis toujours dans l'embarras,
Et ne sais vraiment lequel prendre :
C'est pourquoi je ne vote pas !

BÉBÉ, FAIS DODO!

A la Mémoire de ma Femme

✛

Accours dans les bras de ta mère,
Il est temps de te reposer,
Bébé, viens dire ta prière
Et t'endormir dans un baiser!...
D'illusions, quand tu sommeilles,
Mon cœur aime à s'entretenir,
Et je cherche si l'avenir
Pour toi réserve des merveilles...

Bébé, fais dodo!
Ton souffle charme mes oreilles.
Doux et cher fardeau,
Dans mes bras, Bébé, fais dodo!

4

Le jour où ton adolescence
Voudra s'affranchir de mes bras,
Je demande à la Providence,
Bébé, ce que tu deviendras.
Voudras-tu courir à la source
Toujours pleine de louis d'or,
Où l'on puise, où l'on puise encor,
Cher enfant, pour remplir sa bourse?...

    Bébé, fais dodo,
Avant de trôner à la Bourse!
    Doux et cher fardeau,
Dans mes bras, Bébé, fais dodo!

Si tu dois revêtir la robe,
Pasteur qui, des maux triomphant,
Sous la charité se dérobe :
Grandis bientôt, mon cher enfant!
Sous le capuchon du jésuite,
Où tout vouloir est circonscrit,
Si tu devais cacher l'esprit
D'un dominateur hypocrite ;

Bébé, fais dodo !
Tu grandiras beaucoup trop vite ;
Doux et cher fardeau,
Dans mes bras, Bébé, fais dodo !

Ou, doué d'une humeur altière,
Seras-tu l'officier vaillant
Qui doit défendre la frontière
Contre l'ennemi l'assaillant ?
S'il était vrai, j'ai l'assurance
Que tu seras au premier rang
Pour repousser le conquérant
Et punir son outrecuidance !

Bébé, fais dodo !
Sur toi pourra compter la France !
Doux et cher fardeau,
Dans mes bras, Bébé, fais dodo !

Dors, cher Bébé, je vais me taire :
Souvent l'avenir est menteur ;
Mais si tu n'es pas militaire,
Ni riche banquier, ni pasteur,

Qu'à mes vœux Apollon réponde,
Et des arts formant un faisceau,
En se penchant sur ton berceau,
De leur douce clarté l'inonde!

   Bébé, fais dodo!
L'artiste sait charmer le monde!
   Doux et cher fardeau,
Dans mes bras, Bébé, fais dodo!

LON LON LA!

CHANSON DE RÉCEPTION A LA LICE CHANSONNIÈRE

✢

Sachant qu'il fallait à la Lice
Un jour ou l'autre que je fisse,
Après mûre réflexion,
Des couplets de réception,
Et n'osant pas, devant mes frères,
Du peuple étalant les misères,
Flétrir César ni Loyola,
Je vais donc chanter lon lon la !

Lon lon la ! c'est plutôt la note
Qui fait plaisir, qui ravigote,
Dont l'auditeur est enchanté,
Surtout s'il aime la gaîté !

4.

C'est un refrain presque magique,
Et qui porte en soi sa musique :
Inutile d'avoir le *la*
Quand on veut chanter lon lon la!

Plus guilleret que la romance,
Lon lon la! nous met en démence.
Bien scandés, ces trois petits mots
Résonnent comme les grelots.
Lon lon la! modeste trouvère,
De petit vin remplis ton verre :
Le clairet vaut le marsala
Lorsque l'on chante lon lon la !

Ce gai refrain, qui nous fait rire,
N'est pas toujours facile à dire :
En voulant le lancer à pic
Plus d'un grand manquerait de chic;
Et, tout sénateur qu'il pût être
(Il faut ici le reconnaître),
Le cheval de Caligula
N'aurait pas chanté lon lon la !

Lon lon la ! c'est une malice
Que l'on entend bien à la Lice,
Qu'on répète, si cela plaît,
A la fin de chaque couplet ;
Mais soyez donc du Ministère,
Ah ! comme l'on vous ferait taire,
Si dans un dîner de gala
Vous vouliez chanter lon lon la !

Nous nous demandons à la ronde
Ce qu'on peut faire en l'autre monde,
Et pour augmenter son savoir
Nul n'est pressé d'aller le voir ;
De s'y rendre si l'on diffère,
C'est parce que, sur notre sphère,
Aucun ancien ne révéla
Que Pluton chante lon lon la !

LA CHANSON DU PATRE

A Henri Papin

Quand le soleil paraît, jaune comme une orange,
Et perce le brouillard de son disque brillant,
En m'étirant, pareil au mâtin qu'on dérange,
Je sors de ma cabane heureux et souriant.
Le troupeau broute en paix : exemple de sagesse ;
A son tour mon vieux chien pourra se reposer ;
Le bon veilleur de nuit aboie à ma caresse :
Amicale manière entre nous de causer.

Devant mon beau pays, j'admire le théâtre
      Que la nature a créé là,
Et je chante un couplet de la chanson du pâtre,
      Aux échos disant : Tra la la !
      Tra la la la ! tra la la la !
          Tra la la la ! la la !

Dès que je vois midi dans l'ombre que projette
Le rang des peupliers dans le bas du coteau,
Sur le gazon fleuri, sans nappe, sans serviette,
Je taille mon pain bis avec un beau couteau :
Jeanne me l'a donné, Jeanne la bonne fille,
Un soir où nous passions à travers les taillis; ·
C'est elle que je prends pour danser le quadrille
Quand revient au mois d'août la fête du pays.

Mon déjeuner fini, j'admire le théâtre
        Que la nature a créé là,
Et rechante un couplet de la chanson du pâtre,
        Aux échos disant : Tra la la !
            Tra la la la ! tra la la la !
            Tra la la la ! la la !

Les étoiles, dit-on, suivent nos destinées :
Lorsque du firmament la mienne partira,
Je m'en irai dormir bien des milliers d'années
Du sommeil de la mort que rien ne troublera.
Mais avant que le ciel, de ses voûtes sublimes,
Où je lis aussi bien que messieurs les savants,

Laisse tomber mon astre au fond de ses abîmes,
Je passe de beaux jours au milieu des vivants.

Sans jamais m'en lasser, j'admire le théâtre
        Que la nature a créé là,
Et je chante la fin de la chanson du pâtre,
        Aux échos disant : Tra la la !
        Tra la la la ! tra la la la la !
        Tra la la la ! la la !

LE PHOTOGRAPHE

A M. E. Fontenelle

Couplets improvisés au Banquet de la Société des Employés en Photographie.

Si mon luth est accordé, si
Je possède un peu d'éloquence,
Permettez que je dise ici
Quelques couplets de circonstance.
Les ayant écrits sans façon,
Sans m'occuper de l'orthographe,
S'il faut retoucher la chanson
J'aurai recours au Photographe.

Le Photographe, mes amis,
Hélas! ne voit pas tout en rose;
Mais s'il se plaint il est admis
Que c'est pour faire de la pose;

Et pourtant modeste est celui
Dont je me fais le biographe :
Quand on vient poser devant lui,
Il se cache, le Photographe.

Combien le démon tentateur
Lui rend l'existence cruelle,
S'il devine, en observateur,
Les charmes voilés du modèle !
L'Amour, ce dieu si positif
Lorsqu'il met partout une agrafe,
N'a dans ce cas qu'un objectif,
C'est d'affamer le Photographe.

Cependant, un jour de réveil,
— L'Amour n'est pas toujours rebelle, —
Il avait mis tant de soleil
Sur le médaillon d'une belle,
Qu'à l'artiste, sans liaison,
Parvint un galant autographe :
Ce jour-là, l'Amour eut raison
De rendre heureux le Photographe.

J'ai parlé de l'astre divin
Que la Bourgogne aime et vénère :
Photographie est sœur du vin,
Puisque le soleil est leur père.
L'artiste, ainsi qu'un Bourguignon,
Court au flacon, fuit la carafe :
L'une rend méchant, l'autre bon,
Bourguignon comme Photographe !...

Je termine ici ma chanson ;
Mais je dirai partout, quand même :
« Le Photographe est bon garçon ;
« Il mérite toujours qu'on l'aime. »
Si par la mort il est couché,
Je n'aurai pas d'autre épitaphe
Et j'imprimerai mon cliché,
Sur la tombe du Photographe !

NUIT D'ÉTÉ

A Jean Sigaux

Je n'aime pas que l'on s'enflamme
En cherchant à me soutenir
Que l'existence de mon âme
Avec mon corps devra finir.
La foi me plaît mieux que le doute :
Comme le navire égaré,
Pour aller au port désiré
Dans le ciel je cherche ma route.

Aussi, quand une nuit d'été
Sur la nature étend ses voiles,
Mon esprit va jusqu'aux étoiles,
Par l'espérance transporté !

5.

Quand le jour quitte la carrière
Où le bonheur a disparu,
Doit-on regarder en arrière
Le chemin triste parcouru ?
N'est-il pas mieux que l'on s'envole,
Charmantes étoiles, vers vous,
Et que l'on quitte un rendez-vous
Où l'humanité se désole ?

Aussi, quand une nuit d'été
Sur la nature étend ses voiles,
Mon esprit va jusqu'aux étoiles,
Par l'espérance transporté !

Pour chasser les plaintes amères
Qui pourraient troubler mes vieux jours,
J'ai gardé toutes mes chimères,
Mes amitiés et mes amours !
Comme autrefois dans ma jeunesse,
Fixant l'étoile du Berger,
Je suis si content de songer
Que l'homme est né d'une caresse !

Aussi, quand une nuit d'été
Sur la nature étend ses voiles,
Mon esprit va jusqu'aux étoiles,
Par l'espérance transporté !

Des ténèbres percez les voiles
Par les feux de vos diamants,
Enivrez-moi, belles étoiles,
De vos mille scintillements !
O nuit ! pour que longtemps encore
Je te contemple en souriant,
Fais, aux portes de l'Orient,
S'attarder la nouvelle aurore !

Longtemps, longtemps, ô nuit d'été !
Sur la nature étends tes voiles,
Quand mon esprit jusqu'aux étoiles
Par l'espérance est transporté !

LA CHANSON DE GRAND-PÈRE

A M. Jules Petit

L'homme le plus aimable de France.

— Je séduisais autrefois !...
   Ma moustache,
   Qu'un gris tache,
Fut la flèche du carquois...
Je séduisais autrefois !...

C'est la chanson de Grand-Père,
Et, pour son anniversaire,
Il faut la dire gaîment,
En guise de compliment.

— J'étais aimable autrefois !...
        Que de belles,
        Peu rebelles,
M'ont présenté leur minois !...
J'étais aimable autrefois !...

C'est la chanson de Grand-Père,
Et, pour son anniversaire,
Il faut la dire gaîment,
En guise de compliment.

— Je chantais bien autrefois !...
        Ma voix douce,
        Par secousse,
Mit plus d'un cœur aux abois !...
Je chantais bien autrefois !...

C'est la chanson de Grand-Père
Et, pour son anniversaire,
Il faut la dire gaîment,
En guise de compliment.

— J'étais gaillard autrefois !...
     A plus d'une,
     Blonde ou brune,
Je l'ai prouvé mainte fois !...
J'étais gaillard autrefois !...

C'est la chanson de Grand-Père,
Et, pour son anniversaire,
Il faut la dire gaîment,
En guise de compliment...

Eh bien, sans être un flatteur,
     Je puis dire
     Et redire :
Il est toujours séducteur,
Gaillard, aimable et chanteur !...

Or, c'était là de Grand-Père
Le rondeau d'anniversaire ;
Aussi, pour qu'il soit complet,
Ai-je ajouté ce couplet !

PHILOSOPHIE

A mon pétulant Ami Victor Hunger

✛

Dès que, pour réchauffer notre âme,
Le printemps succède à l'hiver,
De Phébus j'adore la flamme
Que tamise le rameau vert !
La vie alors me semble douce :
Au plus insouciant pareil,
Je vais m'endormir sur la mousse,
Et rêver, le ventre au soleil !

Lorsque je dors, bien loin du monde,
Je crois être, tout à la fois,
Aimé comme le fut Joconde,
Puissant comme le sont les rois.

6

En attendant que je rebrousse,
Plus gueux encore à mon réveil,
Je vais m'endormir sur la mousse,
Et rêver, le ventre au soleil !

L'Amour pourrait, dans une étreinte,
Troubler mon cœur, brûler mes chairs,
Mais à Paris, comme à Corinthe,
Les baisers faciles sont chers.
Craignant que l'Hymen ne me pousse
A suivre un dangereux conseil,
Je vais m'endormir sur la mousse,
Et rêver, le ventre au soleil !

Fuyant la race tyrannique
Impuissante à nous diriger,
Qui dans le gâchis politique
Est toujours prête à nous plonger,
Loin du landau qui m'éclabousse,
Du bruit qui me tient en éveil,
Je vais m'endormir sur la mousse,
Et rêver, le ventre au soleil !

Dans les bois, fleurettes charmantes,
Venez, avec un doux encens
De vapeurs odoriférantes,
Alanguir mon corps et mes sens !
Venez, pavots, à la rescousse,
Prolonger un calme sommeil !
Je vais m'endormir sur la mousse,
Et rêver, le ventre au soleil !

IDYLLE CAMPAGNARDE

Aux Maîtres de l'École documentaire

Le chevrier, la vachère,
  Du fermier Simon,
Jeannette et son petit Pierre,
  Après le sermon,
S'en vont courir l'aventure,
Beaux dans leur rustre nature,
  Au soleil doré,
    Lariré !
  Au soleil doré !

Amoureux, ils batifolent
  Au bord d'un talus,
Se poussent et dégringolent
  Sens dessous dessus ;

6.

Pierre à Jeannette s'attache,
Et, sur la bouse de vache,
   Roule dans le pré,
     Lariré!
   Roule dans le pré!

Jeanne saisit une pierre,
   Et puis, tout à coup,
La lance à son petit Pierre,
   Qui pare le coup;
A son tour Pierre décoche
A Jeannette une taloche,
   En gas déluré,
     Lariré!
   En gas déluré!

Pour contenter sa malice,
   Trouvant un crapaud,
Pierre à Jeannette le glisse
   Entre linge et peau.

Jeannette, à ce coup pendable,
Se démène comme un diable,
  Le dos torturé,
    Lariré !
  Le dos torturé !

Jeannette, étant la moins forte,
  Dit avec émoi :
« Petit Pierre, je suis morte,
  Retire-le moi ! »
Du mal il ôte la cause ;
Mais il saisit autre chose
  Dans son poing serré,
    Lariré !
  Dans son poing serré !

Pourtant Jeanne se dégage,
  Et puis, sans regrets,
Rentre avec Pierre au village...
  Quelques jours après,

On se retrouve à l'église,
Où l'Amour s'impatronise
        Dans le lieu sacré,
                Lariré !
        Dans le lieu sacré !...

ENVOI

Maîtres, si j'ai su décrire
        La réalité,
Je vais essayer d'écrire
        La moralité :
Le dimanche, après la messe,
Elle se rit, la jeunesse,
        De monsieur l'curé,
                Lariré !
        De monsieur l'curé !

LA FÊTE DES TYPOGRAPHES

A mes Camarades de l'atelier

C'est la Saint-Jean Porte-Latine !
Il vous faut un endroit charmant,
Où vous puissiez, troupe mutine,
Aller passer un bon moment.
Près de Paris, les géographes
Ont découvert, c'était urgent
Pour vous plaire, gais Typographes,
Le cabaret de la Saint-Jean !

Allez-y narguer la fortune !
Et confondez, à Bagnolet,
Le bavardeur de la tribune
Avec le pitre Nicolet !

Affirmez que les sténographes
Dans leurs discours vont pataugeant :
On verra que les Typographes
Fêtent aujourd'hui la Saint-Jean !

Changeant baudruches en lanternes,
Quand on le verse à petits coups,
Le vin conte des balivernes
Dans la chanson de ses glouglous !
En déchiffrant des autographes
Si l'on prend Plon-Plon pour Trajan :
C'est la faute, chers Typographes,
Du petit vin de la Saint-Jean !

Dans l'atelier chacun critique,
Malgré soi, sans le faire exprès :
Peut-on croire à sa politique
Quand on voit l'homme de trop près ?...
Boivent-ils ? pareils aux girafes
On peut voir leur cou s'allongeant,
Et convaincre les Typographes
A la fête de la Saint-Jean !

De plaisir puisqu'il est en quête,
Laissez l'esprit se reposer :
Chers compagnons, c'est jour de fête,
Ne songez qu'à fraterniser !
Croyez aux flatteurs biographes
D'eau bénite vous aspergeant ;
Mais n'en buvez pas, Typographes :
Le vin seul plaît à la Saint-Jean !

Avec la loi contre l'ivresse
On veut punir les malheureux ;
Mais c'est une scélératesse :
Quand on est ivre on est heureux !...
Comme un poteau des télégraphes
Tenez-vous sous l'œil de l'agent,
En sortant, joyeux Typographes,
Du cabaret de la Saint-Jean !

Puis, brûlant de nouvelles flammes,
Tâchez de prouver, cette nuit,
En vous rendant près de vos femmes,
Qu'à l'Amour Bacchus n'a pas nui !

Indignes sont les pornographes !
Mais l'hymen peut être exigeant :
Dans ce cas, galants Typographes,
Ne soyez plus de la Saint-Jean !

L'AMOUR PÊCHEUR

A mon Ami Scipion

Couplets lus au mariage d'un jeune homme qui prétendait
rester célibataire.

✝

« Dussé-je encourir votre blâme,
Je veux toujours rester garçon,
Ne point m'embarrasser de femme,
Ne jamais mordre à l'hameçon!... »
Voilà comment un bon apôtre
Parle, et n'est pas contrarié,
Jusqu'au jour où, tout comme un autre,
Il est bel et bien marié.

7

Dans la nasse
De l'Amour
A son tour
Chaque homme passe !
Qu'il soit gai, qu'il soit contrit,
Aussitôt pris, il est frit !

Savez-vous comment elle est faite,
La nasse de ce dieu fripon ?
C'est d'une guimpe de fillette
Et des dentelles d'un jupon.
Son amorce est friande et sûre :
Dans la ville il a tant d'appâts !
Dès qu'il le veut, je vous assure
Que son filet ne chôme pas !

Dans la nasse
De l'Amour
A son tour
Chaque homme passe !

Qu'il soit gai, qu'il soit contrit,
Aussitôt pris, il est frit !

Quand dans la campagne il demeure,
Le dieu malin, en tapinois,
Patiemment attend son heure,
Si par trop vertes sont les noix ;
A l'instant même qu'au village
D'un gars il connaît les... vertus,
Dans les réseaux du mariage
On compte un prisonnier de plus !

Dans la nasse
De l'Amour
A son tour
Chaque homme passe !
Qu'il soit gai, qu'il soit contrit,
Aussitôt pris, il est frit !

Et partout il en est de même,
Aux champs, à la ville, à la cour :

Qu'il use ou non de stratagème,
L'homme est victime de l'Amour !
Toi seule, ô déité féconde !
Des courants renverses la loi,
Puisqu'étant la source du monde,
Le monde remonte vers toi !

Dans la nasse
De l'Amour
A son tour
Chaque homme passe !
Qu'il soit gai, qu'il soit contrit,
Aussitôt pris, il est frit !

Laissons-nous donc doucement prendre
Dans les filets qu'il a tendus ;
Ne cherchons pas à nous défendre :
Tous nos efforts seraient perdus !
Puis, en différant, on s'expose
A n'avoir pas toujours vingt ans :

Boutons d'amour, boutons de rose,
Ont plus de parfum au printemps !

Dans la nasse
De l'Amour
A son tour
Chaque homme passe !
Qu'il soit gai, qu'il soit contrit,
Aussitôt pris, il est frit !

Mai 1885.

VIEUX SOUVENIR

BLUETTE

✛

Tout jeune étant en voyage
Au département du Cher,
J'entendis, près d'un village
Dont le nom m'est resté cher,
Ce refrain de chansonnette
Que j'écris sans corriger :
« Comme il tient ben sa houlette !
Qu'il siffel ben nout' barger ! »

La chanteuse était gentille ;
En l'approchant je lui dis :
« Que fredonnez-vous, la fille ?
— Ç'est un refrain du pays.

Vous voulez qu'on le répète ?
— Oui, certes, pour m'obliger.
— Comme il tient ben sa houlette !
Qu'il siffel ben nout' barger ! »

Pour remercier la belle,
Je repartis galamment :
« Que ne puis-je, plein de zèle,
Être ce berger charmant !... »
Elle reprend, la coquette,
Qui semble m'encourager :
« Comme il tient ben sa houlette !
Qu'il siffel ben nout' barger ! »

« Dans ce beau métier, ma chère,
Veux-tu m'instruire, dis-moi ?
Le berger de la bergère,
Je le serai près de toi ;
Redis, par ta bouchelette,
Ces mots faits pour m'engager :
Comme il tient ben sa houlette !
Qu'il siffel ben nout' barger ! »

Elle accepte : elle me montre
Comment on s'y prend, et fait
Que le soir de la rencontre
J'étais un berger parfait!...
Toujours, depuis, je regrette
Qu'il me fallût voyager :
Je tins si bien ma houlette
Le soir où je fus berger !

VIVE LA LIBERTÉ !

Aux Anarchistes de Saint-Ouen

L'exagération est la logique
des esprits faux.

(Mab.)

Plus cela change, et plus c'est
la même chose.

(X...)

✢

Venez, venez grossir nos rangs,
Bouillants anarchistes, mes frères !
Nous avons vaincu les tyrans,
Le monde n'a plus de frontières !
Parcourons les pays conquis,
Exterminons le dernier traître,

Enterrons le dernier marquis,
Quand la liberté vient de naître !

L'homme enfin s'est révolté !
Prolétaire,
A toi la terre !
L'homme enfin s'est révolté !
Vive la liberté !

Le Père Duchêne, un beau jour
(Mais n. de D. c'était un leurre !)
Nous avait dit : « A votre tour
Vous la tiendrez, l'assiette au beurre !... »
Elle est à nous, cette fois-ci,
Tout comme à l'arbre est son écorce !
Notre bras, de poudre noirci,
Bourgeois, va te montrer sa force !

L'homme enfin s'est révolté !
Prolétaire,
A toi la terre !
L'homme enfin s'est révolté !
Vive la liberté !

Sur les outils des inventeurs
Longtemps plièrent nos échines :
Arrière, les spéculateurs !
Pour nous vont tourner les machines !
Le soc creuse un sillon aux blés,
Le four les cuit : c'est leur affaire !
Nos estomacs seront comblés,
Et nous n'aurons plus rien à faire !

L'homme enfin s'est révolté !
        Prolétaire,
      A toi la terre !
    L'homme enfin s'est révolté !
        Vive la liberté !

Les anciens, pauvres ignorants
De l'anarchie et de ses charmes,
Appuyaient l'œuvre des tyrans
Sur les dieux et sur les gendarmes ;
Aujourd'hui, déesse Raison,
Le libre-penseur te contemple !...
Morbleu, nous f...trons en prison
Ceux qui déserteront ton temple !

8

L'homme enfin s'est révolté !
Prolétaire,
A toi la terre !
L'homme enfin s'est révolté !
Vive la liberté !

Jadis, de drapeaux et de fleurs
Lorsqu'on pavoisait sa fenêtre,
L'œil, lassé de tant de couleurs,
Avait peine à s'y reconnaître.
Or, un décret du Délégué
Prescrit, de Pantin à Montrouge,
Pour qu'à l'avenir ce soit gai,
Une seule couleur : le rouge !

L'homme enfin s'est révolté !
Prolétaire,
A toi la terre !
L'homme enfin s'est révolté !
Vive la liberté !

On élevait un monument,
Autrefois, après un triomphe :

La gloire n'est qu'un boniment !
Nous n'avons pas de rime en *omphe !*
La caserne, c'est le foyer ;
L'homme armé, c'est la loi commune :
Nous pourrons donc nous fusiller,
Un jour, de commune à commune !

L'homme enfin s'est révolté !
  Prolétaire,
  A toi la terre !
L'homme enfin s'est révolté !
  Vive la liberté !

  1887.

6 MAI 1889

A mon maître Eugène Imbert

Fous de notre gloire, et sans doute,
Devant la trêve des partis,
De leur pays prenant la route,
Les ambassadeurs sont partis !
Ils ont fui, se voilant la face,
Ce jour par un peuple fêté,
N'osant pas regarder en face
Le soleil de la liberté !

Ils ont regagné les frontières,
Éblouis par tant de splendeurs.
Pleurez, Parisiens, mes frères :
Nous n'avons plus d'ambassadeurs !

8.

L'un est parti, comme une bombe
S'éloignant de la tour Eiffel,
Pour aller prier sur la tombe
Du vieil ami des rois, Cromwel;
L'autre est allé dans sa patrie
Prévenir les gouvernements
De l'Autriche et de la Hongrie
Qu'il faut craindre les Allemands !

Ils ont regagné les frontières,
Éblouis par tant de splendeurs.
Pleurez, Parisiens, mes frères :
Nous n'avons plus d'ambassadeurs !

Une reine, dans la panique,
N'a pas dépassé Saint-Germain ;
Mais un agent diplomatique
Est filé vers le camp romain.
Celui-là, dit-on, — c'est folie ! —
Avec son maître a concerté
De rétablir en Italie
Tous les droits de la papauté !

Ils ont regagné les frontières,
Éblouis par tant de splendeurs.
Pleurez, Parisiens, mes frères :
Nous n'avons plus d'ambassadeurs !

On nous dit : « Ne soyez plus sombres,
Cessez vos pleurs, ce jour est beau !
Ces gens eussent été des ombres
Dans votre ensoleillé tableau. »
Devant ces fuyards en délire,
Peut-on ne pas se désoler ?
On aura beau faire et beau dire :
Rien ne pourra nous consoler !

Ils ont regagné les frontières,
Éblouis par tant de splendeurs.
Pleurez, Parisiens, mes frères :
Nous n'avons plus d'ambassadeurs !

BIBLIOTHÈQUE NATIONALE
R.F.
IMPRIMÉS

Achevé d'imprimer le 30 mai 1889

par C. CHAMPON, imprimeur à Paris,

10 et 12, galerie Véro-Dodat

✛

www.ingramcontent.com/pod-product-compliance
Lightning Source LLC
Chambersburg PA
CBHW070746280626
47162CB00017B/2388